पद्मश्री प्राण

मॉरिस हार्न, वर्ल्ड एन्साइक्लोपीडिया ऑफ कॉमिक्स के एडिटर ने कार्टूनिस्ट प्राण को 'वाल्ट डिज्नी ऑफ इंडिया' कहा है।

उनकी कॉमिक्स पीढ़ी दर पीढ़ी बढ़ते हुए नौजवानों की हमेशा साथी रही हैं। उन्होंने अपने कैरेक्टर्स 'चाचा चौधरी, साबू, श्रीमतीजी, पिंकी, बिल्लू, रमन' इत्यादि के मनोरंजन का भरपूर लुत्फ उठाया है। उनके 600 से ज्यादा टाइटल्स मार्केट में बिक रहे हैं और दर्जनों स्ट्रिप्स न्यूज पेपर्स में छप रहे हैं। चाचा चौधरी पर आधारित एक टी. वी. सीरियल के लगातार 600 एपिसोड तक एक प्रमुख चैनल पर दिखाए गए।

विश्व के कई देशों का भ्रमण कर चुके, प्राण को 'लिमका बुक ऑफ रिकॉर्ड्स' ने 'पीपुल ऑफ द ईयर अवार्ड' से सम्मानित किया है। 1983 में उनकी कॉमिक बुक– 'रमन, हम एक हैं' का विमोचन तत्कालीन प्रधानमंत्री श्रीमती इंदिरा गांधी ने किया।

प्रकाशक

यह लो सैंकीडल! इन्हें पहनकर तुम मेरे बराबर ऊंची हो जाओ।

अब कहो! कौन ज्यादा ऊंचा है?
तो फिर हाइट कैसे बढ़ती है?

सिम्पल!...दूध से।

गलप-गलप-गलप!

सारा दूध पी लिया। फिर भी लम्बी नहीं हुई?

मेरा मतलब था, दूध से शरीर की हड्डियां मजबूत बनती है।

दादाजी! मेरी लंबाई कैसे बढ़ सकती है?
उस स्टूल पर खड़ी हो जाओ, लंबी हो जाओगी।

अगर और ज्यादा लंबा होना चाहती हो, तो उस सीढ़ी पर चढ़ जाओ।
दादू तो हर बात को मज़ाक की तरफ ले जाते हैं।
WWW.CHACHACHAUDHARY.COM
© PRAN'S FEATURES

भीखू! मैं कद बढ़ाना चाहती हूं।
पिंकी! क्यों मुश्किल में पड़ना चाहती हो?

छोटा रहने में फायदा है। बड़े होने पर तुम्हारे फ्राक में कपड़ा ज्यादा लगेगा। खाना अधिक खाओगी।

ऊंची क्लासेस की यह मोटी-मोटी किताबें पढ़नी पड़ेगी।

लोग तुम्हें जीनियस मानते हैं पर असल में तुम्हारे दिमाग में भूसा भरा है।

नाराज़ न हो। एक आइडिया आया है।

मम्मी! आओ और देखो कौन लम्बा है?

मम्मी—
ओफ़ -हो! यह लड़की काम करने नहीं देगी।

मम्मी— मम्मी —

अब बताओ कौन ज्यादा लम्बा है?
??

ओह !
मुझे शक हुआ था दाल में कुछ काला है।

पहेली

नानी! कौन-सी किताब पढ़ रही हो?
रोचक पहेलियां!
यह दिलचस्प है?
WWW.CHACHACHAUDHARY.COM

मजेदार और ज्ञानवर्धक।
© PRAN'S FEATURES

6

बचपन में हम सहेलियां एक-दूसरे से पहेलियां बूझते थे।

बहुत मजा आता था।

आजकल की भागदौड़ में तो बच्चों के पास भी टाइम नहीं रहा।

आप मुझसे कोई पहेली पूछो। मैं उत्तर दूंगी।

अच्छा बताओ - मुर्गी के दो आगे मुर्गी।... मुर्गी के दो पीछे मुर्गी।...

कुल कितनी मुर्गी?...

सोच-समझकर जवाब देना।

टोटल! तीन मुर्गियां!

कैसे?
समझाओ।

पहली मुर्गी के पीछे
दो मुर्गियां।...

तीसरी मुर्गी के
आगे दो मुर्गियां।
कुल तीन मुर्गियां।

तुम इंटेलीजेंट हो।
थैंक्स!

अब मैं आपसे एक पहेली पूछूं?

मैं तैयार हूं।

...एक बेंच पर तीन फीमेल्स् बैठी थीं।

एक की गोद में बच्चा था।... दूसरी ने गले में मंगलसूत्र पहना था।...

...तीसरी के हाथ में वेडिंग रिंग थी। तीनों में एक शादीशुदा नहीं थी, बताओ कौन?

एक के हाथ में अंगूठी। दूसरी के गले में मंगलसूत्र। तीसरी के पास बच्चा। मैं तो पज़ल हो गई।

पहेली तो पज़ल ही होती है, बताओ?
मैं हार गई। तुम्हीं बता दो।

जिसकी गोद में बच्चा था। वह बच्चा तो उसका छोटा भाई था।

...वह सोलह साल की लड़की थी।
हा! हा! यह भी खूब रही!

नानी ! बाय !!

डिक्शनरी

विद्यार्थियों! आज संस्कृत के गृहकार्य में मैं तुम्हें पांच संस्कृत के शब्द दे रही हूं।
जिनका हिन्दी अनुवाद करके लाना है।
शब्द हैं- 1 - सुस्वादुतोय:
2 - पिशुनस्य,
3 - तडागा,
4 - भागिनी,
5 - जलकूपी।
PRAN'S FEATURES

घर जाकर सबसे पहले होमवर्क करूंगी।

इंग्लिश का हो गया, गणित और हिन्दी का भी हो गया, सिर्फ संस्कृत का होमवर्क रह गया है।

ओफ्-हो! संस्कृत के शब्दों का हिन्दी अर्थ तो मुझे पता नहीं है।

कौन बता सकता है?

मम्मी! मेरे संस्कृत के होमवर्क में मदद कर दोगी?
सॉरी, बेबी! संस्कृत मेरा सब्जेक्ट नहीं था।

पड़ोसी झपटजी बुद्धिमान हैं। वह तुम्हारी हेल्प कर देंगे।

अंकल! आप संस्कृत के शब्दों का हिन्दी अनुवाद बता सकते है?

सॉरी! संस्कृत डिक्शनरी मेरे पास नहीं है।

वैसे तो हमेशा वाल्मीकि की तरह ज्ञान बांटते फिरते हो।

...एक बच्ची का होमवर्क नहीं करवा सकते?

मेरा दोस्त भीखू इंटेलीजेंट है, वह बता सकता है।
लेकिन उसका घर दूर है।

मेरे मोबाइल से फोन करके पूछ लो।

भीखू! क्या तुम्हारे पास संस्कृत-हिन्दी डिक्शनरी है?

वह तो नहीं है।

फिर तो तुमने संस्कृत का होमवर्क नहीं किया होगा?

मैंने संस्कृत के शब्दों का अनुवाद कर लिया है।

तुम भी उत्तर लिख लो...
1 - सुस्वादुत्तोयाः- स्वादिष्ट जल।

14

2-पिशुनस्थ - चुगलखोर।
3- तडागा: - तालाब।
4- भागिनी - बहन।
5- जलकूपी - पानी की बोतल।

उससे पूछो-बिना संस्कृत शब्दकोश के उसने उत्तर कैसे बताए?
भीखू! बिना डिक्शनरी के शब्द कैसे मिले?

मेरे कम्प्यूटर में संस्कृत से हिन्दी डिक्शनरी का सॉफ्टवेयर है।...

उससे संस्कृत शब्दों का अनुवाद कर लिया।

बच्चे अब बच्चे नहीं रहे !

पिंकी बनी पेंटर

दादाजी! पेंटर चाचा ने मुझे दो ड्रॉइंग ब्रश गिफ़्ट किए हैं।
वाह !
अब मैं इनका क्या करूं?
PRAN'S FEATURES

तुम इनसे कोई बढ़िया चित्र बनाओ।
आपने अच्छा आइडिया दिया है।

16

मैं सुंदर चित्र बनाऊंगी।

जब तक वह पेंट करेगी, शरारतें नहीं करेगी।

मेरे पास कलर-कैनवास तो हैं ही।

कोई चित्र बनाती हूं।

फिर उसमें रंग भरूंगी।

पेंटिंग शुरू की जाए।

दादाजी!
पिंकी कहां है?

वह अपने रूम
में बिज़ी है।

तुम जाओ। आज वह
किसी से नहीं मिलेगी।

यह तो हमारे खेलने का टाइम है।

वह नहीं खेल सकती। वह अंदर पेंटिंग बना रही है।

पिंकी बनी पेंटर?

जाकर देखूं तो सही! उसने क्या बनाया है?

जिद्‌दी बच्चा!

नट्टू! मेरा चित्र कैसा है?

इसे देख मेरे मुंह में पानी आ गया।

मैंने आर्टिस्टिक डिज़ाइन्स बनाए हैं। इन्हें देख मुंह में पानी कैसे आ सकता है?

मैंने समझा-तुमने जलेबियां बनाई हैं।
WWW.CHACHACHAUDHARY.COM

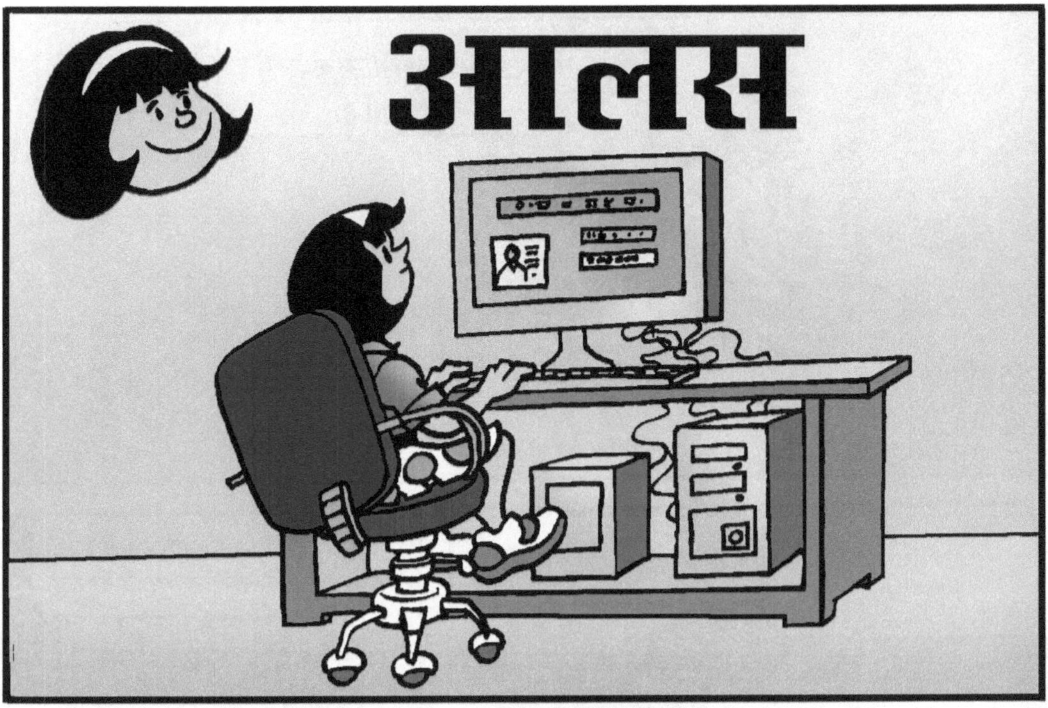

आलस

बेटी! अभी मैं खाली नहीं हूं।

...मैं वाशिंग में बिज़ी हूं।

तुम खुद जाकर किचन से पानी ले लो।

मेरा कम्प्यूटर के आगे से उठने का मन नहीं है।

पंद्रह मिनट बाद...
मम्मी! पानी दे जाना।

मुझे मेरा काम करने दो।...

...आलस छोड़ो!

उठकर पानी पी लो।

मम्मी ... पानी.........

अब अगर तुमने आवाज लगाई तो मैं तुम्हें वहां आकर चांटा लगा दूंगी।

मम्मी! थप्पड़ लगाने आओगी तो, पानी लेती आना।

मैं तुमसे नहीं जीत सकती।

यह लो पानी! तुम बहुत आलसी हो गई हो।

दूसरे कमरे में ....
न्यूज़ चैनल से देश-विदेश की घटनाओं की लाइव जानकारी मिल जाती है।

बहू! एक गिलास पानी दे जाना।

मैं टी. वी. के आगे से हिल नहीं सकता।

मम्मी! इस घर में सभी आलसी हैं।

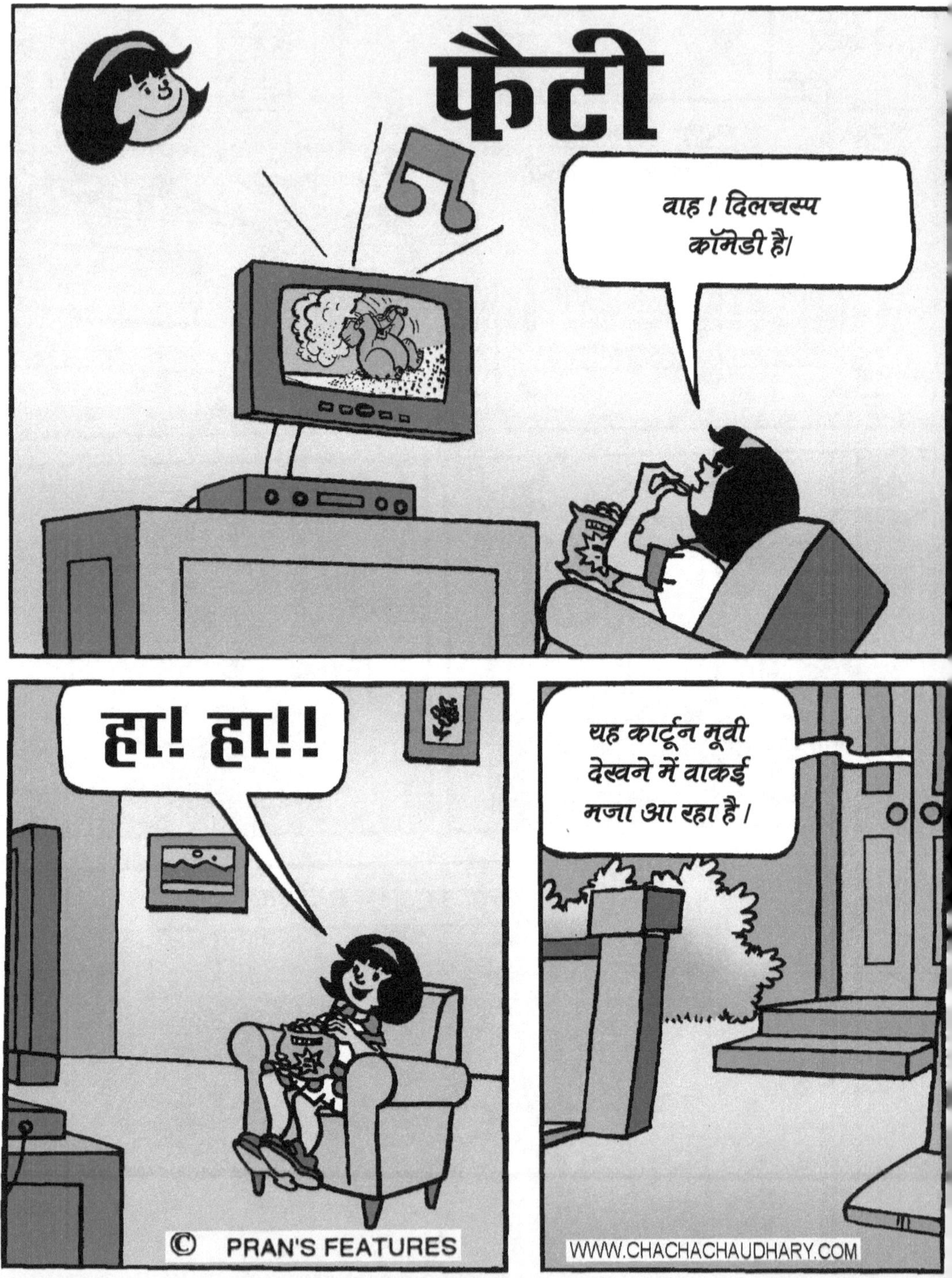

फैटी

अच्छी फिल्म और कुरकुरे पोटैटो चिप्स!... डबल मजा!

ड्रिंग! डांग
कौन आया डिस्टर्ब करने?

जाकर देखूं।

फैटी! तुम?

मेरे साथ खेलने चलो।

सॉरी! मैं कार्टून फिल्म देख रही हूं।
फिर तो मैं भी तुम्हारे यहां मूवी देखूंगी।

टी.वी. के आगे एक ही सोफा है।

इस पर तो मैं बैठ गई।

अब तुम कैसे बैठोगी?

ऐसे!

अब हम दोनों टी.वी. देख सकती हैं।

उठो! मैं तुम्हारे नीचे दब गई हूं।

तुम्हारा वज़न ज्यादा है। मैं तकलीफ में हूं।
दोस्ती में एडजेस्टमेंट करनी चाहिए।

मुझे भूख लगी है।
तुम मेरे चिप्स खा सकती हो। लेकिन मेरे ऊपर से हटो।

तुम मूवी का मजा लो। विज्ञापनों के समय मैं उठ जाऊंगी।
मैं तुम्हारे बॉडी के पीछे छिप गई हूं।

मुझे टी.वी. दिखाई नहीं दे रहा। मैं मूवी एन्जॉय कैसे करूं?

जब मैं हंसू। तुम भी हंस देना।

चॉकलेट
के पैसे

पिंकी! कहां जा रही हो?
नानी के पास, चॉकलेट खाने।
WWW.CHACHACHAUDHARY.COM

क्या तुम्हारी नानी के पास बहुत सारे चॉकलेट्स हैं?

नहीं! उनसे खरीदने के लिए पैसे लूंगी।

नानी! चॉकलेट खाना है।
PRAN'S FEATURES

तुम मेरे पास तभी आती हो, जब तुम्हें कुछ खरीदना हो।

मेरे दाएं हाथ में दस रुपये का नोट है और बाएं हाथ में सौ रुपये का! दोनों में से तुम कोई-सा भी नोट चॉकलेट खरीदने के लिए ले सकती हो।

मैं दस रुपये लूंगी।

एक चॉकलेट देना।
L STORES

पिंकी! मैंने तुम्हें सौ रुपये का नोट भी ऑफर किया था! तुमने वह क्यों नहीं लिया?
मैं जानती थी, जिस दिन मैंने सौ रुपये लिए, तुम आगे से पैसे नहीं दोगी।

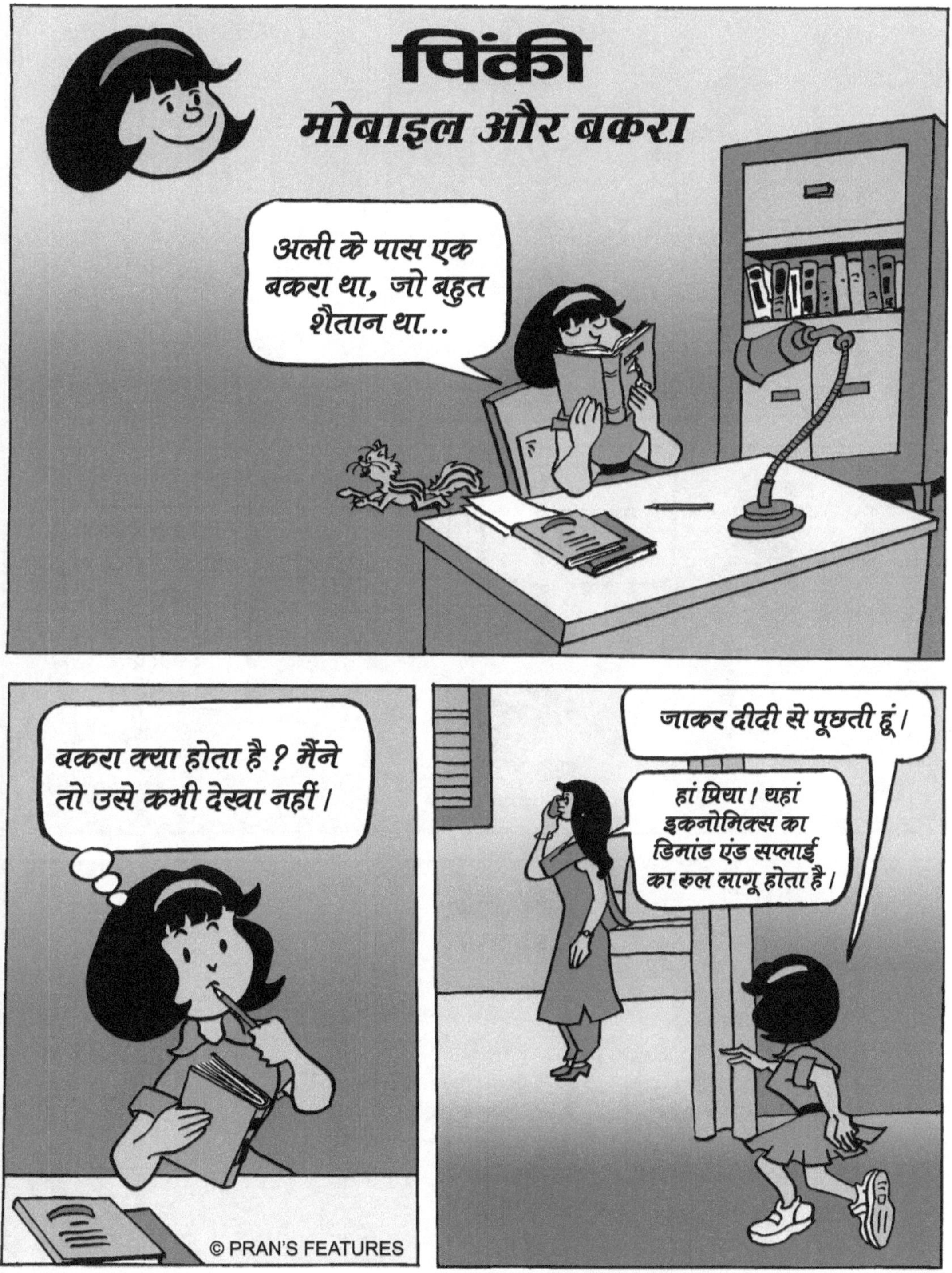

पिंकी
मोबाइल और बकरा

दीदी!
यह रुल एग्रिकल्चरल और इंडस्ट्रियल दोनों चीजों पर लागू होता है...

पता नहीं उनकी बात कब खत्म होगी ?

आधे घंटे बाद...
दीदी, मुझे तुमसे कुछ पूछना है ?
ओफ फ!

बकरा कौनसा जानवर होता है?
वह बिल्ली से बड़ा और घोड़े से छोटा एक पालतू जानवर है। तुम उसे शहर में नहीं देख सकती।

मैं उसे लाकर दिखाऊंगी।
सॉरी, प्रिया! मुझे बीच में फोन काटना पड़ा।

दीदी ! मैं बकरा ले आई ।

देखो !
क्या ?

यह कुत्ता है । जहां से इसे लाई हो वहीं इसे छोड़ कर आओ ।

मैं जाती हूं !

हैलो, रिचा मोटवानी ! तुम्हारी स्टडी कैसी चल रही है ? क्या तुम टी.वी. पर फैशन शो देख रही हो ?

दीदी !

हां, पिंकी ! यह बकरा है ।
इसका बाशा नाम है । मैं इसे बशीर मियां से थोड़ी देर के लिए लाई हूं ।

मैं उसके खाने के लिए कुछ लाती हूं ।

लो ! चपातियां खाओ ।

बशीर मियां को फोन करो। वह आकर देखे कि उसका बकरा कितना खुश है?
वह भूखा था।
हां!

ओहह, मेरा मोबाइल? कहां गया वह?

मैं किचिन में गई थी। शायद वहां उसे भूल आई?

वह यहां नहीं है।

तुम दूसरे फोन से अपना नम्बर मिलाओ। उसकी ट्यून बजेगी और वह मिल जाएगा।

मोबाइल ढूंढने का यह अच्छा आइडिया है।

मैं नम्बर मिलाती हूं।

मोबाइल की घंटी बजी।
???

जब आपने बकरे को चपातियां डालीं तब आपका मोबाइल गिर गया होगा और उसे वह निगल गया।

पिंकी

दादाजी का पर्स

दादाजी ! आज आप क्यों सज-संवर रहे है ?
मुझे दफ़्तर जाना है।
आप तो कहते थे कि आप रिटायर हो चुके हैं ?
हां ! क्या मैं अपनी पैंशन लेने नहीं जा सकता ?

तो सज-संवर कर जाने की क्या जरूरत है ?
मैं अपने डिपार्टमेंट का ऊंचा अफसर था।

क्या आप छत जितने ऊंचे थे ?

नहीं, बेवकूफ लड़की ! उसका मतलब है बड़ी पोस्ट पर होना, जैसे सुपरिंटैंडेंट।
?

आप वापस उसी कमरे में क्यों जा रहे हैं ?
मैं वहां अपना पर्स भूल गया हूं।

ओह ह ! मेरा पर्स ?

क्या हुआ ? आप परेशान क्यों हैं ?
मैंने कुछ देर पहले अपना पर्स यहां रखा था। वह गायब है।

आपको तो दफ़्तर से पैंशन के रूपए मिलेंगे।

मुझे दफ़्तर पहुंचने के लिए बस का किराया चाहिए था नहीं ?

वह रहा मेरा पर्स। उसे शैतान कुटकुट ले गई।

पर्स नीचे फैंको। नहीं तो मैं स्टिक मारूंगा !

तड़ाक
कक।
ओह !

ओह ह ! मेरी फैंसी लाइट !

कहां गई वह गिलहरी ?

वह रही ।
पर्स नीचे फैंको ।

मैं पंखा चलाता हूं ।

नहीं, दादाजी ! कुटकुट मर जाएगी ।

छलांग गा!
ओह ह !
??

शुक्र है, मेरा पर्स उसके मुंह से गिर गया।

मगर पर्स में मेरा पांच सौ रूपए का नोट था ? वह कहां गया ?

नोट कुटकुट के पास है।
चलो, उसे नीचे रखो !

उसे दे दो !

गर्रर! गर्रर!!

मेरा पांच सौ का नोट।

दादाजी! तेज भागो वर्ना बस छूट जाएगी।
© PRAN'S FEATURES

LET US LEARN YOGA

Available in Hindi , English, Marathi, Gujarati,Bangla & Odia

Today the whole world is inclined towards Yoga. This is the high time when we can promote Yoga to our children and inculcate its benefits in to them. We have to make them understand about its importance, so that they could become hale & healthy, mentally & physically both.

This book is going to update our children about Yoga, and it would be very easy for them to understand the method of doing each asana.

In this way, they not only will enjoy Yoga, but also going to develop concentration, which in turn help them to achieve big."

Diamond BOOKS

X-30, Okhla Industrial Area Phase-II, New Delhi-110020, Ph.: +91-011-40712200
Email: sales@dpb.in, website:www.diamondbook.in

Help every duckling to find its own way to the little pond in the middle of the maze.

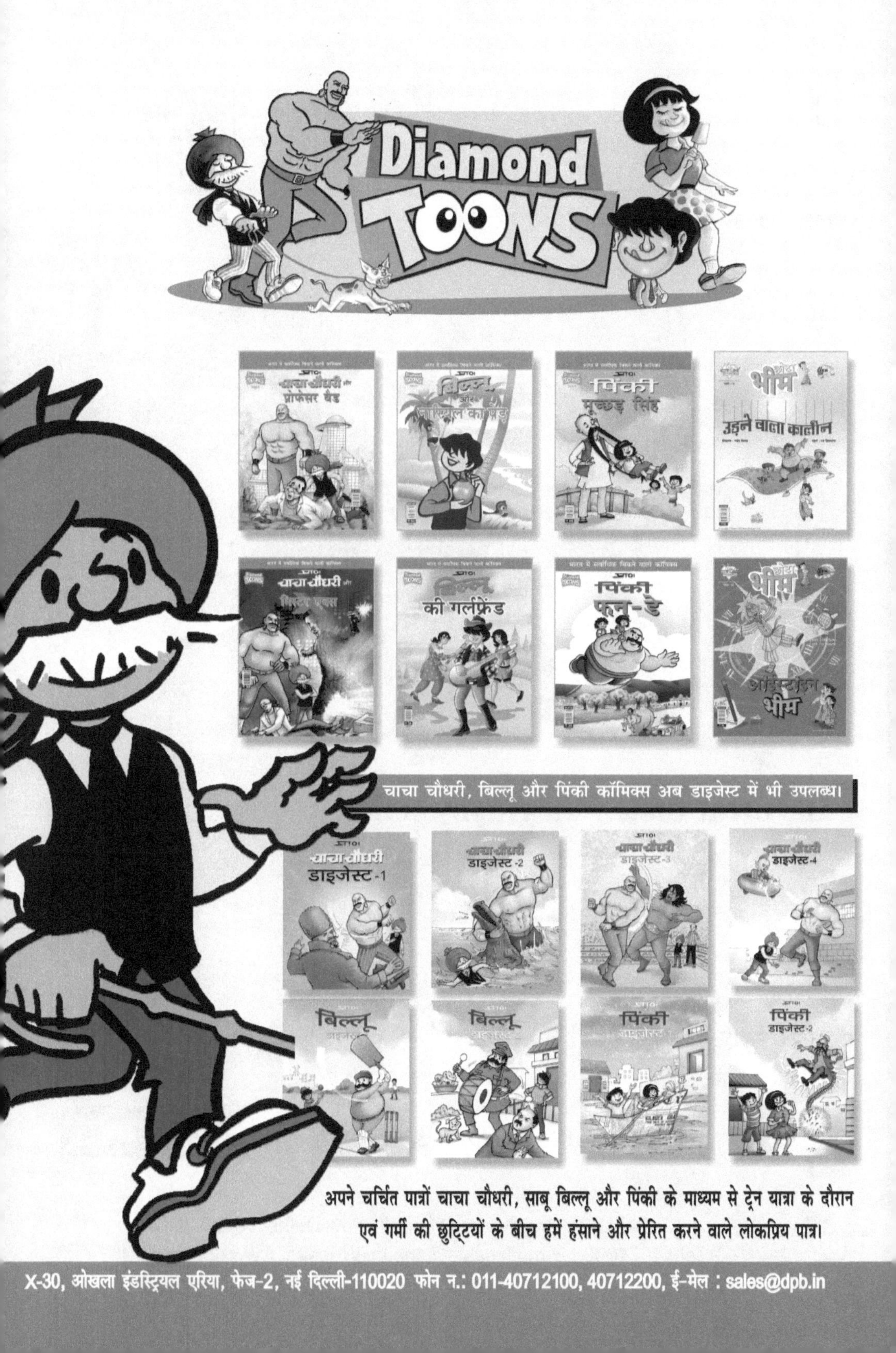

चाचा चौधरी, बिल्लू और पिंकी कॉमिक्स अब डाइजेस्ट में भी उपलब्ध।

अपने चर्चित पात्रों चाचा चौधरी, साबू बिल्लू और पिंकी के माध्यम से ट्रेन यात्रा के दौरान
एवं गर्मी की छुट्टियों के बीच हमें हंसाने और प्रेरित करने वाले लोकप्रिय पात्र।

X-30, ओखला इंडस्ट्रियल एरिया, फेज-2, नई दिल्ली-110020 फोन न.: 011-40712100, 40712200, ई-मेल : sales@dpb.in